下饭的诗

王玎玲 / 诗

何君怡　李筱萌 / 画

復旦大學 出版社

目 录

作者素描	01	膘	08
姐妹淘	02	失眠数羊	10
网友评论	03	对牛弹琴	12
食物派诗 配画	01	打破砂锅问到底	14
喜欢喝奶	02	不吃白萝卜	16
画鸡添翅	04	抛物线双曲线	18
吃肉饼	06	糖葫芦娃	20

桑葚	22		
很柴的肉	24	害羞白菜	38
蘑古力	26	芒果坚果	40
膨化食品	28	瀑布披萨	42
红配绿	30	光阴似流水	44
口是心非	32	不忍心	46
想吃兔肉	34	灰姑娘饿了	48
苗条的我	36	打包带走	50
		王子和公主	52

去吃你	54	我的食欲	68
这样一个牧场	56	黄粱小枣	70
食物选择了我	58	玫瑰花饼	72
糖醋鱼	60	毛血旺了	74
烤生蚝蒸雪蟹	62	饿了和死了	76
洋葱圈	64	吃甜点	78
红楼诗	66	香蕉牛奶	80
		作者手迹 创作小语	83

作者素描

　　嗨，我的名字叫王玎玲，金牛座。还没有认真写过个人介绍呢，所以不知道要说什么，反正感觉自己是个挺好的人，哈哈。
　　经常会想：我不是个细腻的人，却也有细腻的蛋糕可以吃，这真是个宽容的世界，太好了！

姐妹淘（王玎玲 李筱萌）

"非一般吃货"——具有吃货条件，能吃且不胖，聪敏、文静，对事物感受丰富，一个擅长创作，一个擅长传播。（同学眼里的她俩）

在整个高中三年里，和我同桌时间最长的恐怕就是dido了，我高三整个学期的一大半都是和她同桌。

Dido是一个典型的天真、可爱、单纯的少女，思想超级简单的那种……然而也是很善解人意、贴心的小可爱，比如她有什么吃的都会分给我一大半儿，我有什么不开心的事儿也可以放心跟她说，因为她绝对不会说出去。她的脑洞大得和她的胃一样，是同比寻常的……所以才会写出这么新奇的诗，哈哈哈。这么可爱的Dido和这么可爱的诗能被这么多人喜欢并且关注倒真的是太好了！（李筱萌眼里的王玎玲）

王玎玲非常冷静、聪明，偶尔会写写自己感兴趣的诗，她一炮走红，偶然中也有必然的因素。（教师眼里的王玎玲）

网友评论

诗不错，竟然看饿了……（网友）

吃货界出旷世奇才，看着这小清新的语句，你会不会觉得对这个世界充满了期待，有没有觉得这个世界瞬间美好了许多，干净了许多？吃货的世界就是这么美好。（网友"@高手在民间）

"食物体"诗歌语言生动，画面感强，短短几句话，峰回路转又出其不意，让人叹为观止。将鲜活的食物融入语言中，让人味蕾蠢蠢欲动。王玎玲是"食物派诗歌"的开创者。（网友）

网友们对于吃货界出了奇才纷纷发来"贺电":

@千和薯薯:《论一个吃货的文学修养》。

@文弱:世界不止苟且,还有肉与远方。

@KErwin柒:这妹子萌得根本停不下来啊!字里行间流露出食物的香味,后现代魔幻吃货派代表诗人,妹子,未来是你的!

@立志减肥的懒癌患者:妹纸太萌了,饿了[笑cry]!

@夏淮的猫:别人写诗走心,这孩子的诗走胃,饿了!

@二十八画生GJM:有的人吃是为了活着,有的人活着就是为了吃,哈哈哈……

读了王玏玲的诗，不少吃货忍不住诗兴大发，竞相模仿：

@陈医生嘎嘣脆：午夜过后／红烧肉／偷偷地／通过肚脐眼／向外张望。

@网友A：考场里／同学们五花大绑／连硬壳都红了／只有我还在眼珠乱转／试图挣扎／数学不及格／与我们大闸蟹的智商无关／只是因为我和它不熟。

@知世球：如果有来生／要做一个扇贝／躺在烤架／没有悲欢的姿势／一半在蒜蓉里安详／一半在芝士里飞扬／一半洒落葱花／一半沐浴盐巴。

食物派诗　｜　配画

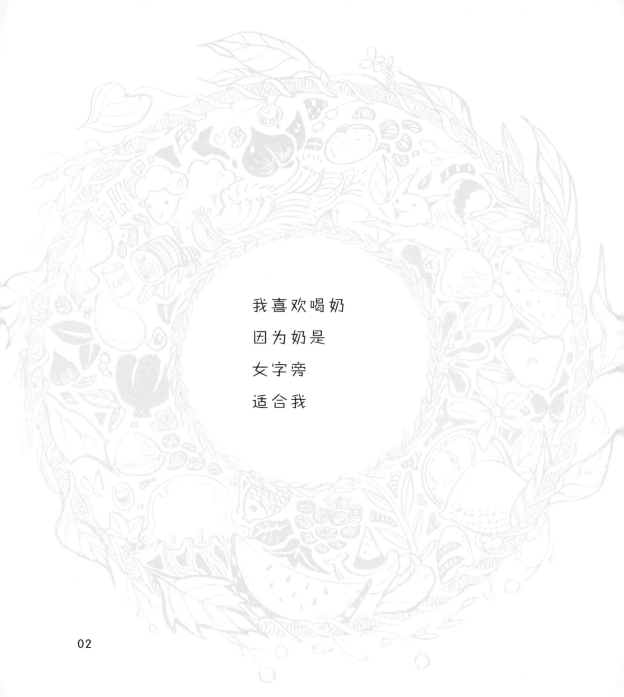

我喜欢喝奶

因为奶是

女字旁

适合我

如果
得到了马良的神笔
我想

画鸡添翅
添翅
添翅

用吃一块肉饼似的心情
煎一块肉饼
用煎一块肉饼似的心情
吃一块肉饼

天地玄黄
宇宙洪荒
寒来暑往
秋收冬藏
膘

失眠的时候

数羊

一只烤羊腿

两只烤羊腿

三只烤羊腿

四只烤羊腿

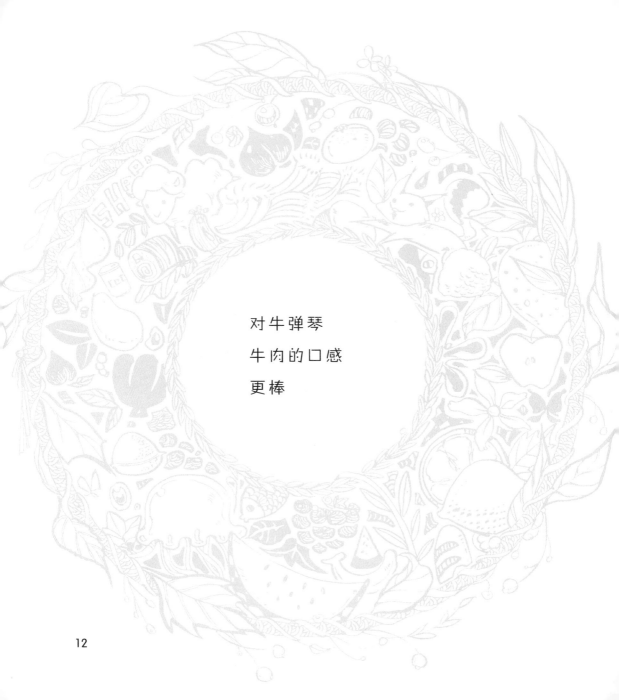

对牛弹琴

牛肉的口感

更棒

如果你
打破砂锅问到底
我会生气

因为
不希望　你
弄洒我的肉汤

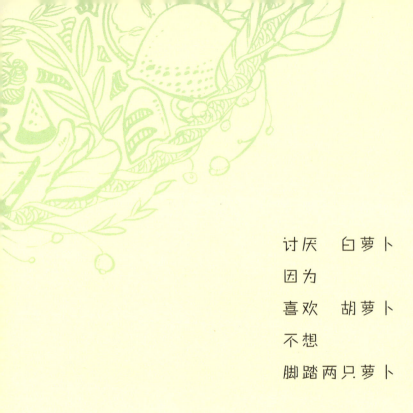

讨厌　白萝卜
因为
喜欢　胡萝卜
不想
脚踏两只萝卜

想把腌抛物线剁了
包进椭圆
用双曲线扎紧
煮了吃

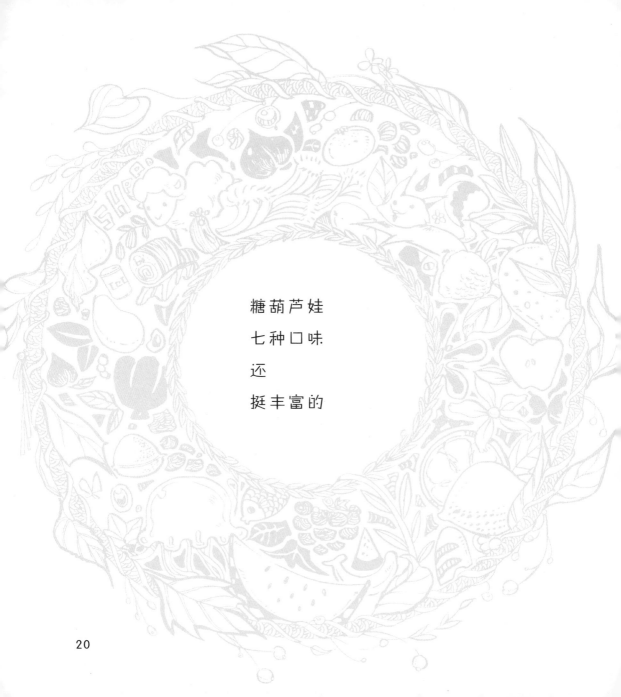

糖葫芦娃
七种口味
还
挺丰富的

桑葚

你是人间的四月天

煮得很柴很柴的瘦肉
这几个邪恶的字
我只是读了一遍
就　腮帮子酸疼
中华文化　博大精深

向雷锋同志学习
做一颗坚守在岗位上的
蘑古力

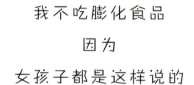

我不吃膨化食品

因为

女孩子都是这样说的

我觉得

红配绿好可爱

比如　英汉小词典

小草莓

小番茄

长着绿叶的小红花

不

也许是

小的东西会可爱

我说　我不吃猪肉
可我吃了猪蹄
女人
就是这么　口是心非

我的数学老师　非常可爱
又非常黑
像　可爱的小黑兔
可我听不懂数学课
所以
每节数学课后
我都无比地想
想吃兔肉

去重庆吃

去南京吃

去杭州吃

去香港吃

去比利时吃

去意大利吃

去墨西哥吃

最后

我还是苗条的我

缸里
白菜们挨得好近
等到

　　　　　　　大家全都羞红了脸
　　　　　　　泡菜腌好了
　　　　　　　谁最害羞　先吃谁

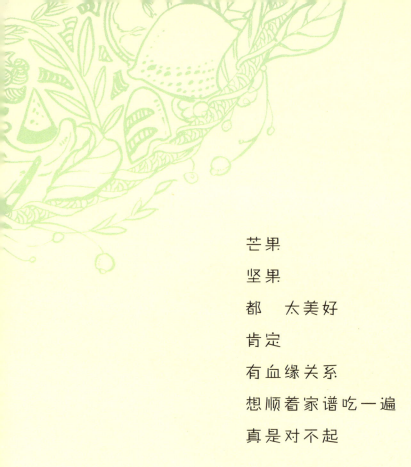

芒果
坚果
都　太美好
肯定
有血缘关系
想顺着家谱吃一遍
真是对不起

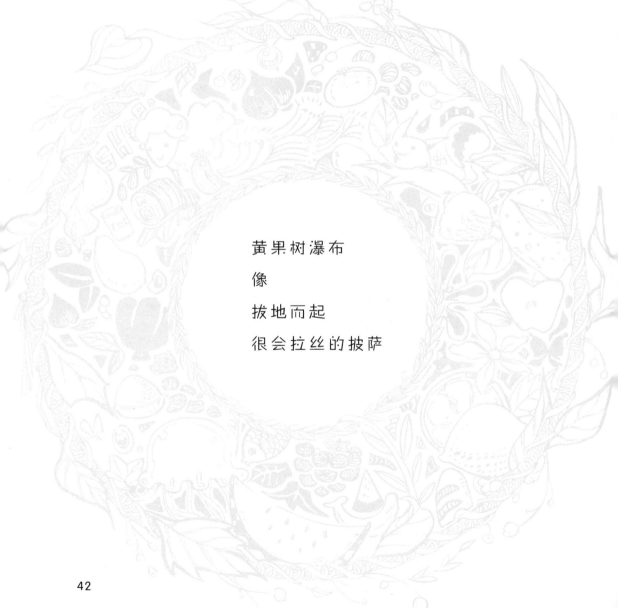

黄果树瀑布
像
拔地而起
很会拉丝的披萨

光阴似流水

不要让它白白逝去

一定要从中

捉几条鱼

这只饼干　好可爱

不忍心

把它吃掉

最后

只好

非常不忍心地

把它吃了

午夜十二点

灰姑娘

饿了

吃掉了南瓜车

第二天

水晶鞋　穿不进去

从你的全世界路过
但
你所有的好吃的
我要打包
带走

故事的最后

王子和公主幸福地生活在一起

他们

每天都吃小蛋糕

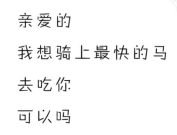

亲爱的

我想骑上最快的马

去吃你

可以吗

如果有这样一个牧场
草是抹茶味
太阳是柚子味
天晴时薄荷味

天阴时杏仁味
那么 我希望
牧场中的牛羊
是椒盐味

不是我选择了食物
而是食物选择了我
我　好伟大

我是
在大海自由徜徉的
糖醋鱼
你是
在天空恣意翱翔的
麻辣翅根

那天午后
你飞到水面　问我：
"你我之间　究竟是谁
比较下饭"

烤生蚝

蒸雪蟹

盐焗虾

面朝大海　春暖花开

请

新郎

新娘

交换洋葱圈

宝玉看望宝钗
只见
唇不点而红
眉不画而翠
真真是一块好瓜

（红楼诗一：宝玉看宝钗）

好生奇怪

何等眼熟到如此

哥哥项上

玉米软糖吗

(红楼诗二：好生奇怪)

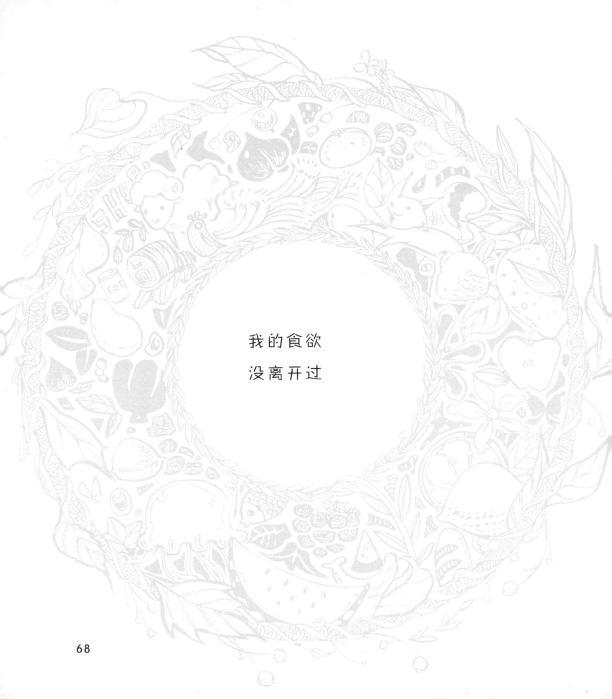

我的食欲

没离开过

黄粱

小·枣

一梦

可能更美

小王子
吃到玫瑰花饼时
哭了

一想到高考

整个人都毛血旺了

饿了

和

死了

真的有差别吗

吃甜点时
总希望时间静止
因为
也许下一秒钟
就　胖了

喝香蕉牛奶时

联想到了

月亮在白莲花般的云朵里穿行

作者手迹　|　创作小语

我是
在大海自由徜徉的
糖醋鱼
你是
在天空🐭恣意遨翔的
麻辣翅根
那天午后
你飞到水面 问我
"你我之间 究竟是谁
比较下饭"

这是我写的第一首小诗，当时觉得好玩，感觉会飞的翅根那么努力去靠近水面，一定是要去找一条好吃的鱼啊，除此之外毫无别的可能嘛。

天地玄黄
宇宙洪荒
寒来暑往
秋收冬藏
臊

有一次我看到"寒来暑往 秋收冬藏"这句话,就感觉用它来形容体形真的太合适啦,嘿嘿。

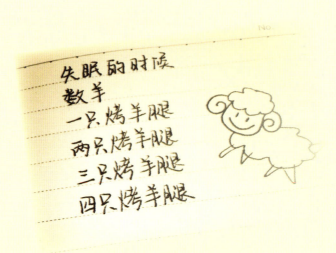

失眠的时候
数羊
一只烤羊腿
两只烤羊腿
三只烤羊腿
四只烤羊腿

高三有一次失眠时,想起了这个古老的方法:数羊。然后自觉地数了起来:一只烤羊腿、两只烤羊腿、三只烤羊腿。

不过,友情提示:这个办法对失眠无效,很容易饿。

如果
得到了马良的神笔
我想
画鸡添翅
添翅
添翅

小时候接触到神笔马良这个故事时便有这个想法了，算是一直以来的小美梦吧，笑。

对牛弹琴
牛肉的口感
更棒

从电视上看到有人饲养牛羊时会给它们播放音乐，当时就感觉对牛弹琴也是有好处的嘛。写到这里，我又想吃牛肉了！

煮的误柴误柴的瘦肉
这几个邪恶的字
我只是 读了一遍
就 腮帮子酸疼
中华文化 博大精深

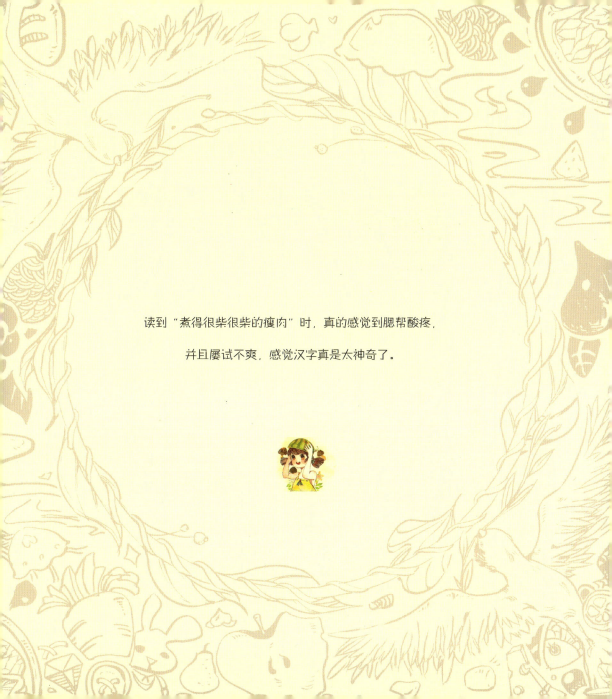

读到"煮得很柴很柴的瘦肉"时,真的感觉到腮帮酸疼,并且屡试不爽,感觉汉字真是太神奇了。

缸里
白菜们挨得好近

等到
大家全都羞红了脸
泡菜腌好了
谁最害羞 先吃谁

缸子里的泡菜肯定是超级害羞的，毕竟大家挨得这么近。

我感觉用这个理由来解释泡菜的颜色也可以说得通嘛。

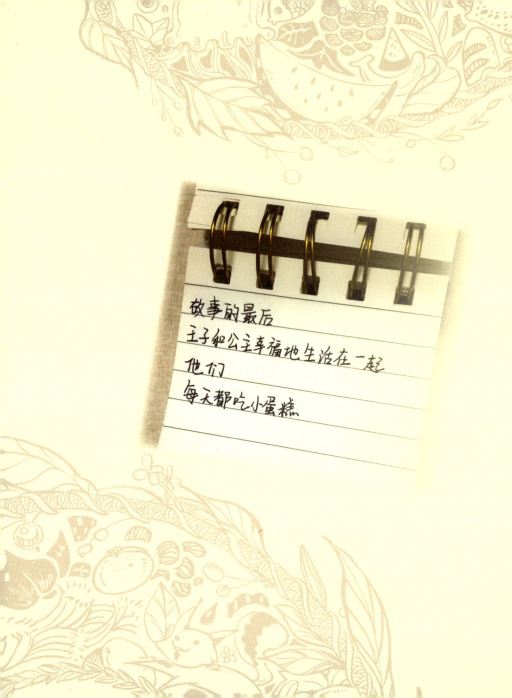

故事的最后
王子和公主幸福地生活在一起
他们
每天都吃小蛋糕

大部分故事的最后,都是王子和公主幸福地生活在一起,我就想着,如果不是每天都烤小蛋糕,哪儿谈得上是幸福的生活啊!

黄果树瀑布
像
拔地而起
很会拉丝的披萨

看到黄果树瀑布的那一瞬间,我就想到了披萨,甚至还闻到了芝士的味道,大自然真是美好又美味啊,我们一定要爱护环境。

黄粱

小枣

一梦

可能更美

看到"黄粱一梦"的典故后,我就想,黄米饭的香味儿也许对那一场美梦的形成起到了作用,如果客店老板当时在饭中加入小枣,那梦也许会更甜吧。

喝香蕉牛奶时
联想到了
月亮在白莲花般的云朵里穿行

因为我喜欢香蕉牛奶,所以它在我心中就是个特别可爱特别美好的存在。有次听"月亮在白莲花般的云朵里穿行"时,脑海里自然而然地就浮出了一盒香蕉牛奶啊。

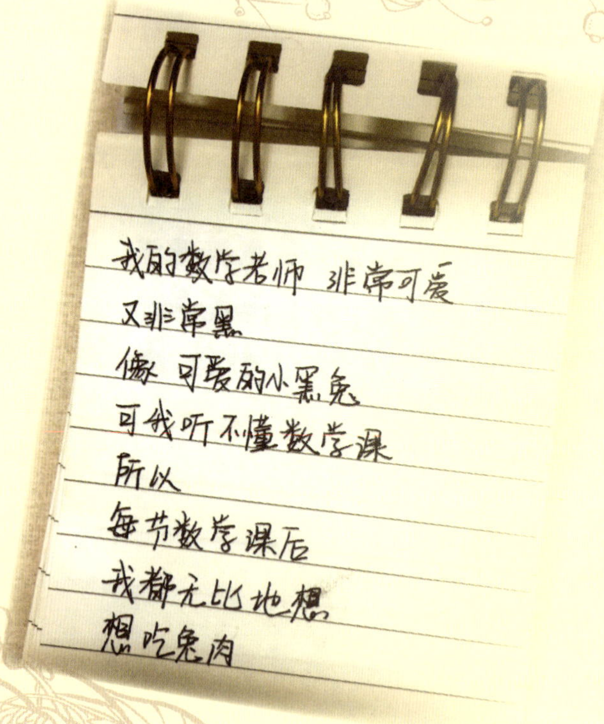

我的数学老师 非常可爱
又非常黑
像 可爱的小黑兔
可我听不懂数学课
所以
每节数学课后
我都无比地想
想吃兔肉

我的数学是很差的,所以想出了这么一种方法,希望着有一天可以吃掉它,然后超级轻松、超级随意地做出数学题来。

午夜十二点,
灰姑娘
饿了
　吃掉了南瓜车
第二天
　水晶鞋 穿不进去

灰姑娘当着王子的面应该不好意思吃很多,跳了那么久的舞肯定饿坏了,说不定回家路上就把南瓜车啃掉了,很合理嘛。

光阴似流水

不要让它白白逝去

一定要从中

捉几条鱼

高三那年真的很紧张,总会感到光阴似流水,我会提醒自己,千万不要虚度啊,一定要从中捉几条鱼,我还挺喜欢吃鱼的。

我来迟了

不曾迎接远客

刚刚

辣酱厂　加班

（红楼诗三：我来迟了）

且说黛玉自那日弃舟登岸
时
默默盘算
晚饭吃什么

(红楼诗四:且说黛玉)

图书在版编目(CIP)数据

下饭的诗/王玎玲诗.—上海:复旦大学出版社,2016.1
ISBN 978-7-309-11977-0

Ⅰ.下… Ⅱ.王… Ⅲ.诗集-中国-当代　Ⅳ.I227

中国版本图书馆 CIP 数据核字(2015)第 281552 号

下饭的诗
王玎玲　诗
责任编辑/李又顺

复旦大学出版社有限公司出版发行
上海市国权路 579 号　邮编:200433
网址:fupnet@fudanpress.com　http://www.fudanpress.com
门市零售:86-21-65642857　　团体订购:86-21-65118853
外埠邮购:86-21-65109143
上海锦佳印刷有限公司

开本 889×1194　1/24　印张 5.25　字数 111 千
2016 年 1 月第 1 版第 1 次印刷

ISBN 978-7-309-11977-0/I·957
定价:30.00 元

如有印装质量问题,请向复旦大学出版社有限公司发行部调换。
版权所有　　侵权必究